토론토의
해 뜨는 아침에

김수잔 시인

시음사
시사랑음악사랑

시인의 말

첫 시집 출간이 저에게는 설렘이요 한편 설익은 글을 세상에 내놓으면서 두려움이 앞섭니다.
독일을 거쳐 이곳 캐나다의 생활에서 고향의 그리움과 삶 순간순간의 숨결이 詩가 흐름을 느낀 서툰 언어의 배열로 나마 틈틈이 써 왔던 저의 진솔한 마음을 담은 글 부족함이 많지만, 용기를 내어 독자 여러분을 만나고자 늦둥이로 조심스럽게 이글을 펴냅니다.

오랜 이국 생활의 환경으로 아름다운 우리 모국어가 점점 퇴색되어 가는 안타까움에 용기를 내어 컴퓨터의 편리한 혜택으로 그동안 낙서로 써 모아둔 글 하나씩을 카페를 통해 서로 나누는 즐거움은 힘든 이민생활에서 삶의 향기로 위로와 행복의 시간이 되기도 했습니다.

그러던 중 HJ 시인님과의 귀한 인연으로 저를 詩의 세계로 이끌어 주셔서 이렇게 시집을 낼 수 있게 되어 이 지면을 통해서 깊은 감사의 말씀드리며 그전에 디지털의 길을 열어주신 J 님께도 감사드립니다.
지금까지 부족한 저를 지켜 주시고 늦깎이에 열정을 쏟을 수 있도록 용기와 건강을 허락해 주신 주님께 무한한 감사를 바칩니다.

옆에서 늘 따뜻한 격려로 지켜 주는 남편과 엄마의 일을
보람있게 생각해 주는 우리 아이들 그리고 늘 깊은 사랑으로
마음 써 주시는 시댁 가족들과 저를 아껴주는 지인들께도,
병환으로 힘드신데도 제일 기뻐해 주시고 깊은 사랑으로
밀어주시는 분다 언니와 이대일 형부님 감사와 뜨거운
사랑 보냅니다.

설익은 글이지만 한 편이라도 어느 독자의 가슴에 남는다면
큰 기쁨이 되겠고 또한 저의 작은 소망입니다.
무한한 감사를 바칩니다.

2015년 9월

시인 김수잔

꽃을 피우고 열매 맺는 시인 김수잔

김수잔 시인의 작품을 읽다 보면 상징묘사법과 서정성을
접목한 작품을 많이 볼 수 있다.
시를 쓰는 시인이나 시를 읽는 독자나 다 같이 공감대를
형성할 수 있는 소재이기 때문에 그만큼 힘든 장르이기도
하다. 김수잔 시인은 적절한 표현력으로 은유와 환유의 기
법을 잘 살려가면서 문장을 이끌어가고 있다. 서정시에는
인간 그 자체의 존엄이 나타난다고 할 수 있다. 따라서 서
정시는 주관적인 개성의 문학인 동시에 자신의 감정표현
을 함으로써 독자들에게 대리 만족의 기쁨을 가지게 할 수
있는 장르인데 김수잔 시인만의 독특한 시적 감각으로 잘
보여 주고 있다.

문학을 하는 사람 중에는 하늘과 땅 사이를 가득 채울 만
큼 넓고 큰 자아를 가진 사람들이 많다. 그만큼 세상에 할
이야기도 많고 세상에 던지고 싶은 화두가 많은 사람이 문
인이다. 그 어떠한 사람이 읽어도 공감할 수 있는 그러면
서 자신을 뒤돌아볼 수 있는 계기를 마련해 주는 작품이
좋은 작품이듯 김수잔 시인은 자신의 경험을 공유함으로
써 상상력을 촉진해주는 매개체가 문학이고 오아시스며,
그 메커니즘이 꽃이라는 것을 잘 보여주고 있다. 김수잔
시인은 그 꽃을 피우기 위해 끊임없이 정진해나가며 시인
만의 유토피아를 먼 이국땅 캐나다에 거주하면서 고국의
향수를 시 문학으로 가꾸며, 꽃을 피우고 열매 맺는 시인
만의 나무를 키우고 있다.

사단법인 창작문학예술인협의회 이사장 김락호

QR 코드

스마트폰으로 **QR** 코드를 스캔하면
시낭송을 감상할 수 있습니다.

제목 : 이 가을에는
시낭송 : 박영애

제목 : 5월의 추억
시낭송 : 박영애

제목 : 아기 예수 탄생
시낭송 : 박영애

제목 : 나의 작은 기도
시낭송 : 박태임

제목 : 코스모스 피던 언덕
시낭송 : 박영애

제목 : 나의 겨울 산책
시낭송 : 최명자

1 그리움이 시가 되는 순간들

2 자연의 숨결

3 온타리오 호수에(캐나다)

4 가을 안에 그대가

5 토론토에 해 뜨는 아침

1 그리움이
시가 되는 순간들

그리움이 시가 되는 순간들

가끔 떠나는
순수 그리움의
여행길은

깊은 밤하늘 고요 속
별들 샘에서 쏟아지는
작은 이야기로

귓속 살며시 정든 언어로
가슴을 적시며
포근히 안겨오는 속삭임으로

먼 길 떠나
하얀 밤 지새고
날이 밝아도

아직도 머나먼 그리움에
떠나는 나의 여행길은
그리움이 시가 되는 순간들

당신의 미소

들꽃처럼 싱그러운 당신의 미소
상큼하고 향기로운 바람으로

새벽이슬 꽃으로 피어나는
신비로운 수정 빛으로

내 가슴에 포근히
자리 잡은 당신의 미소는

마음 한가운데로
사랑의 샘물이 되어
맑게 맑게 흐릅니다.

봄을 품은 시인의 마음

헛된 생각 다 벗어버리려면
머리 비듬 얼마나 쏟아질까
뭉그러진 눈가의 눈물 자국
마르고 또 젖는 세월 얼마를
가야 영혼의 울림이 들릴까

감히 생애
혼이 담긴
맑은 시 한 수 써 보고 싶음에
영양부족 나무에도
물을 주면 꽃이 필까

그날을 위해
살과 뼈 깎는 힘 다해서라도
맑은 영혼의 향기
그 소리 듣고 싶어라
그날을 기다리며
시를 쓰고 싶다
꿈에도 시를 쓴다.

내가 행복한 것은

내가 행복한 것은
당신이 있기에
행복한
이유이기도 합니다

영혼 안에 하나인
우리는
행복하게 사는
기쁨과 감사입니다.

손녀의 손톱을 깎으면서

고사리 같은 손녀 손가락에
눈곱보다 적은 손톱을 깎으면서
혹 다칠세라 조심스러운 마음으로
그래도 손녀를 쳐다보면서 방긋 웃어주었다
할머니에게 그 쪼개 한 손을 내밀어 주니
할머니를 얼마나 좋아하는가 하는 마음에서
행복한 미소가 절로 나온다
주말에 아들 내외는 손녀를
우리 집에 데려와서 기쁨을 함께 나눈다

며느리가 "어머니, 장미 손톱이 많이 자랐어요.
어머님께서 깎아 주세요." 한다
시어머니를 얼마나 믿는 말인가!
며느리 마음이 참 예쁘다
말이 적고 마음이 깊은 며느리가 사랑스럽고
내 아들의 아내란 것이 고맙고 자랑스럽다
말끔히 깎은 손톱을 본 손녀 장미는
할머니, 이제 놀아도 돼요? 하면서 꼭 잡혔던
할머니의 품을 벗어나 자유롭게 노는 장미의 재롱이
어쩜 이렇게도 보기 좋고 사랑스러울까
손주 사랑이 뭔 말인지 이제야 알 듯하다.

그대여, 사랑이여

맑고 고운
청자(靑瓷) 빛
그대의 하늘
하얀 구름에
내 마음 심어 놓고

내 작은 정원 흙에
그 하늘을 담아서
고운 사랑으로
아름답게 가꾸리라

맑은 그 사랑
함께 하고 싶어라
그대여
사랑이여

장미 향기

팔짝팔짝 뛰놀면서
깔깔대는
세 살배기 손녀 장미의
보드라운 분홍 뺨에서

쏟아지는 장미꽃 향기
방마다 가득가득
몰씬몰씬 풍긴다

아들 내외 휴가 간 동안
할아비 할미 호강하게
눈에 넣어도 아프지 않을
손녀 장미의 재롱을 보는 재미에

짧은 해 벌써 저물어 가고
구석구석 피어나는 장미꽃이
집안 가득 행복으로 채워지는
귀여운 손녀 모니카 장미 향기!

어머니 나의 어머니

그리운 나의 어머니는 늘 앞치마
두르시고 가난한 살림살이에
끝없이 소소한 일로 분주하셨던 어머니
칠 남매 거두기에 얼마나 어려우셨을까
시골선비 남편 둔 울 엄마의 생활은
안일 바깥일 다해야 하는 숙명으로
지아비는 늘 사람들을 가르치는 분으로
하늘같이 받들던 우리 엄마의 고됨은, 오히려
고생이 아니고 잔잔한 미소가 늘 눈가에 흐르셨다

부엌 땔감 삭정이 꺾으시다
손등에 낭자한 피에, 놀란 자식들 앞에서
괜찮다, 새끼들 밥해 줄 정도니 이만하니 다행이다 하시며
헌 천으로 상처를 감던 그 모습 잊지 못해 가슴 아프다
지아비가 대청에 모인 많은 사람 글 가르칠 때면
모자라는 식은 밥으로 머~ 얼건 *갱죽이라도 쑤어서
말없이 늘 나눔을 보이시던 어머니의 깊은 마음과 신앙심을
철없던 계집아이도 은연중에 가슴에 안고 살았으리라

그리운 어머니, 서릿발 내린 이 나이가 되어도
당신 길 따르려면 아직도 머나먼 어머니의 길
찌든 가난에도 늘 잔잔하신 미소로 헌신적
솔선수범 보여주신 사랑 어찌 잊을 수 있을까요
당신의 사랑은 영원히 마르지 않는 맑은 샘물입니다.

___

갱죽=갱시기,남은 찬밥에 물 많이 붓고 콩나물 김치 넣고 끓인 죽

그리운 아버지

아버지가 그리울 때면
지금도 언덕길 올라오시는
아버지의 빛바랜 중절모자와
어깨에 멘 낚시가방이 눈에 어른거린다
가난했던 시절 칠 남매 둔 가장으로
지치시면 책상 앞에 앉으셔서 신문이나
빌려 온 너덜너덜한 헌책을 읽으셨는데
아버지 휴식시간 중 하나의 낙이셨단다

그러시다 가끔은 담벼락에 걸어둔
낚시 가방 메시면 어머니는 어느새
빛바랜 중절모자를 두 손으로 내어 주셨다
말없이 두 분은 고개만 끄덕이며
눈인사 나눈 뒤 아버지는 떠나셨고
어머니 혼잣말, 저 양반 좀 쉬어야 해
밑도 끝도 없는 말에 아무것도 모르는
어린 나는 그들의 대화를 알지 못했다

먼 훗날 알았지만, 두 분 무언의 눈빛 대화는
피곤하신 아버지께 존경과 사랑이
얼마나 많이 담겨 있었는지를 알았다
강태공이시던 우리 아버지
심신을 쉬러 가서 긴 시간 낚싯대 내려놓고
무슨 생각을 하셨을까?
월튼을(Walton) 꿈꾸셨든가

말씀을 가르치던 분들께 다 쏟아붓고
지치신 영혼에 새로운 힘을 얻으려 하셨든가
시를 쓰셨다면
시어를 낚으려고 하셨을 텐데
아마도 무아 경지에 이른 사람 같았으리라

세상을 떠나신 지 오래되었지만
아버지를 향한 그리움의 샘물은 여전히
지금도 나는 그 가난했던 시절이 떠오르고
두 분의 은은한 사랑의 눈빛이 아른거리며
고운 무지갯빛 고향길을 걷는 추억에
낚시 가방 메신 아버지가 대문으로 들어오신다.

귀중한 3 선물 이야기

힘든 이민 생활 어느 날
반짝이는 아기별 하나 뚝 내려와서
우리 집을 환하게 비추며
모든 것이 새롭고 행복해지면서
얼마 후 친구별을 하나 데리고 왔다
사이좋은 두 별로 집안도 더 밝아졌고
어느 날 유별나게 반짝이는 별 하나
더 나타나서 이제 3형제의 별이 되어
날마다 사이좋게 놀던 별들이
때로는 서로 부딪치며 싸우기도 했지
그러면서도 웬일인지 별 하나 보이지 않으면
시무룩해진 별 둘이 그 별 다시 찾아서
서로 더 친해졌고 더욱 반짝였단다

별들을 보는 동안 이민생활도 익숙해 가고
어느새 자리가 잡혀가면서 없어서는 안 될
셋 별로 말미암아 행복한 순간들이 많아졌다
이 아름답고 귀한 별들이 주님께서 주신
우리 삼 남매들이니 얼마나 감사한 큰 선물인가
요셉(賢) 필립(묘) 샌드라(恩) 3 별을
받은 선물이야말로 캐나다의 생활에서
최고의 선물이요 보물임을 잊지 않는다

주님께서 우리에게 맡기신 별들에게서
사랑과 기쁨 행복 누렸으니
더 빛을 발하기 위해서는 우리 곁을 떠나는
아픈 이별도 감수해야 하는 삶이다
우리 품을 떠난 별들이 더 많은 별을 모아
멀리서 꾸준히 비춰오는 또 서로 비추길 바라는
저 별들이 우리의 귀한 선물들임을.

향기를 담은 사람

삶에서 수많은 만남 중에
내 마음 안에 곱고 깊게
자리 잡고 있는 사람

내가 힘들고 슬픈 일
기쁜 일이 있을 때마다
제일 먼저 생각나는 사람

과묵하신 당신은
화려하지도
초라하지도 않고

묵향처럼 난향처럼
은은한 향기로
진실을 담고 있는 당신은

내 곁에서 깊은 마음으로
늘 나를 지켜주는 당신을
존경하고 사랑합니다.

그리운 친구야

그리운 친구야, 우리 얼마 만의 만남인가
머리칼이 반백이 되어도 너는 아직
소녀 같은 미소로 다정히 어깨를 잡는
정겨운 너의 손길이 옛 그대로의 정이 흐른다

넌 맑은 미소가 떠나지 않던 문학소녀였지
우린 늘 그림자처럼 붙어 다녔고
초등학교 운동장 구석 큰 수양 버드나무에
두 손 뻗고 나무 둘레 재며 놀던 그때의 시절

나날이 커가던 우리의 팔 길이를
그 나무는 알아차리지도 못한 듯 자랐고
소박한 소녀의 꿈을 키우던
우리의 우정도 그만큼 커갔을 거야

세월의 나이테에는 어쩔 수 없는
우리들의 육체지만 우리 다시 만나도
마음은 그때의 순수한 우정으로
아직도 티없는 너의 고운 미소에
고스란히 담겨 있다 친구야

하늘에만 별이 반짝이는 줄 알았는데
너는 꺼지지 않는 내 마음의 별로
영원히 빛날 아름다운 나의 별이란다
그리운 나의 친구 정대야!

추억

고향 마을 한복판에
깊고 큰 우물이
지금도 생각나서
그 우물을 들여다보고 싶다

오늘처럼
휘영청한 달빛에
하얀 구름이 흐르던 하늘을

삽살개 좋아라, 꼬리 흔들고
코흘리개 단발머리 계집아이가
두레박 오르내려 퍼 올린 물에
봄나물 씻으며
그림자 내려다보던 그 우물

그리운 고향 추억 길을
기억 속으로
자꾸만 자꾸만 걸어갑니다
가슴에 안은 지독한 향수로

문인협회 행사 때의 만남

삶은 만남의 연속 이랬던가
내 인생에서도 여지없이
수많은 만남이 있었다
'노사연의 만남' 노래처럼
'우리 만남은 우연이 아니야' 했듯이
나도 우연이 아닌 이번 협회 문우님들과의
만남이 이루어짐은 그것을 늘 바랬을 것이다

새로운 만남은 언제나
두려움이 되기도 하지만
새로움은 또 흥분과 설레는 만남이다
생각 속에 늘 멀다고만 여기던 이번
고국 방문에 문우님들과의 만남은
행운이요 참으로 커다란 기쁨이었다

글을 사랑하는 사람끼리의 모인 자리
얼마나 영광된 자리였던가, 짧은 시간에
비록 많은 말을 건네지는 못했어도
마음으로 읽을 수 있던 문인들의 분위기에
참석할 수 있었음은 행복한 시간이었다
만남을 열어준 대한문인협회 행사에
관련된 모든 분께 진심 고마움을 전하며
좋은 만남으로써 문인 서재서도 더 반갑고
한결 따뜻함 느끼게 되어 큰 감사드린다.

그리운 우리의 만남

오랜만의 우리의 만남은
얼마나 행복한 순간이었던가
마치 친형제를 만난 듯 반가움에
나이도 잊고 마치 어린애 같았지요
고우신 두 수녀님의 미소는
몇십 년 전 캐나다 성당에서
처음 만났을 때처럼 변함없으신
바로 천사 그대로셨습니다

대전 수녀원으로 부임해가셨다며
귀한 시간 내셔서 대전 엑스포를
보여 주신다고 이리저리 구경을 다녔는데
마음은 구경보다 그간 만나지 못해 쌓였던
그리움의 얘기로 시간 가는 줄 몰랐지요

세속에 때 묻지 않으신 두 분의 수도자와
오랜 세월 기도로 나눌 수 있는 고마운 인연
아니 저희 위해 늘 기도해 주시는 T와 M 수녀님
오늘 다시 우리의 만남은 이 얼마나 귀하고
감사한 시간이었던가요

수십 년 쌓였던 묶은 얘기로 한창 설레는데
수도자의 정해진 시간은 참 빨리도 지나갔다
김시인님 우리 다시 어디서 만날까요?
그간 시인이 되었다고 뜨거운 축하와
기뻐해 주시는 두 수녀님 앞에 부족한 저는
부끄럽고 쑥스러워할 대답을 못 했던 그 순간,

그러나 진정 따뜻하신 사랑의 격려 말씀에
눈물이 핑 돌았고 감사로 初心을 늘 간직하면서
열심히 하겠다고 부족한 자신을 주님께 의탁했던
그날 우린 다시 대전에서 만날 약속을 한 뒤
짧고 그리운 우리의 만남이 아쉽게 끝났다
두 수녀님! 감사합니다 사랑합니다.

고국에서 사랑하는 언니와 함께

오랜 세월 멀리 떨어져 서로의 바쁜 생활로
자주 만나지 못해, 흐른 세월만큼이나
우리의 몸도 마음도 많이 변해갔다
언니의 파킨슨병환으로 고생하시는
언니를 보러 고국을 방문하게 되었다

문학을 좋아해서 늘 책을 가까이하시던
멋쟁이고 아름답고 사랑이 많던 언니가
누구도 흉내 낼 수 없던 언니 특유의 멋진 스타일이
나날이 쇠약해 가시는 모습은 가슴 아픈 일이다

늘 그림자같이 함께 계시면서 병시중을
알뜰히 해 주시는 이대일 형부께서는
언니를 위하는 노년의 깊은 정이 마치
한 폭의 아름다운 그림 같고 사랑의 눈빛은
한 쌍의 원앙새를 보는 것 같다

짧은 기간의 고국 방문이지만 그동안 못한
마음 함께 나누며 즐거운 시간 보내려고
언니가 좋아하는 가을철이라 손잡고 걸으면서
아름답게 물들어 가는 단풍을 즐기며 운동도 다닌다

고국의 풍성한 가을 안에서 우리는 어릴 적 좋아하던
햇밤, 단감, 고구마, 햇땅콩을 맛있게 먹으면서
맑기도 한 고국의 가을 하늘 아래서 옛 시절에
푹 잠겨 보는 가을을 언니와 만끽하는 시간에
언니도 못난 동생과 함께의 시간이 즐거운지
파킨슨에서 조금씩 회복되는 듯해서 기쁘다

하루속히 이 병을 떨치고 건강하도록 간절히 비는
나의 기도 속에 고국에서 언니와 함께 보내는
이 가을은 보람 있고 참으로 감사한 시간이다
고국의 가을 하늘이여, 고국의 것이여
사랑하노라!

2013년 9월 고국서 만난 언니와

그대와 나는

그대
우리 말했던가요
못 봐도 외롭지 않다고요

그대
우리 느낀다 했던가요
멀리 있어도
가까이 그리워하는 이유

그대와 나는
지극히
자연스러운
큰 사랑이기 때문이라고!

당신은

당신은
숲 속 작은 계곡에서
맑게 흐르는 물가에
젖은 풀 향기 같습니다

때론
고달픈 세상살이에도
늘 나를 바라보는
당신의 눈동자는
위로의 향기입니다

언제나
초록빛 그리움으로
안겨오는 당산은

맑은 계곡
흐르는 물 사이
고운 햇살처럼

당신은
언제나 나의
숲 속의 맑은
초록 사랑입니다.

잃어버린 보석

정원을 서성이다
텃밭에 들렀다
맴도는 보석 하나
주울까 말까
써볼까 말까
포켓에 푹 쑤셔 넣고
급히 컴퓨터에 앉았다
엊저녁
하루살이 외등 열에
외롭게 타듯이
머릿속이 까맣게 타서
조금 전 포켓에 넣어 둔
값진 보석
다 잃어 버렸다
다시 텃밭에 나가
아무리 흙을 파고 헤쳐도
그 詩語 찾을 수 없어
어디에도 비할 수 없는 값진 보석
잊고 잃은 황당함이여
시인의 외로움이여.

삶은 달걀

목이 콱 메어서
삶은 달걀을 먹을 수 없다.
입맛이 없어서도 아니다

내가 철이 들 무렵 엄마가
유학길 떠나는 딸 위해
냉장고 귀한 시절
소금 독에 넣어 간직한

귀한 달걀 삶아서
면수건에 꼭꼭 싸 주시면서
집 떠나면 배고프다
가면서 까먹으라 하셨다

지금은 흔하디흔한 달걀이라
입맛대로 얼마든지 해 먹지만
가난했던 시절 내 엄마는
자식 생각에 잡숫지도 못했으리

지금도 삶은 달걀을 볼 때마다
그 시절로 돌아가 엄마를 만나고
먼 길 떠나신 그리운 엄마 생각에
목이 메어 넘어가질 않아
냉면에 든 달걀도
겨자와 함께 울면서 먹는다.

캐나다의 복합문화 정책

다문화 국가인 캐나다는
공원에 심어진 여러 가지 꽃이
각 색색이 모여 조화를 이루어
더욱 아름답게 보이는 것처럼
다민족이 서로 돕고 사는 모습 아름답다

여러 나라 국민이 함께 모인 국가라
서로 잘났다고 싸움할 것 같지만
남의 문화 존중하며
배려하고 서로 배우는 자세에서
사랑을 나누는 복된 복합문화 정책이다

나도 그 안에 심어진
한국의 한그루 무궁화 나무로
열심히 그들과 적응하며
으뜸가는 복합문화 안에서
꿈과 사랑을 키운다
빛나는 무궁화 안고서.

둥지 떠난 새 한 마리

파드득 거리는 여린 새 한 마리가
얼마의 연습 끝에 둥지를 떠나
아직은 연약한 날개로 첫 여정
먼 유럽 대륙 독일까지 날아갔다

끊임없이 나르는 연습으로
큰 새가 된 어느 날
또 다른 곳이 그리워서
넓은 북미까지 날아와
캐나다에 새로운 둥지를 틀었다

이젠 다시 독일을 날아가도
첫 둥지 본국을 날아가도
허허바다 낯선 둥지뿐
여린 뼈 차츰 낡아가는데
또 날면 부르질 테지

정들면 고향이란 옛말처럼
캐나다는 고향이 되어간다
인생은 어차피 외로운 여행길
주인이신 그분 따라 오늘도, 쉼 없이
희망 안고 힘차게 걸어가는
행복한 한 순례자입니다.

빛났던 은빛 연아야

소치 동계 올림픽 아이스 버그
스케이팅 펠리스에서
펼쳐지는 연아의 우아한 몸짓
하나하나에 마음 졸이며
행복했던 순간들
유난히 춥던 겨울도
가슴 뜨거웠던 겨울이 되었지

눈물 나도록 고마운
대한의 딸 연아야
부드러운 너의 미소와
차분한 동작으로 멋진 스타일
장한 우리의 딸 연아가 안겨준
감격의 눈물과 감사의 순간들

혼신을 다 한 너의
깔끔한 마무리 스케이팅을
어찌 잊으리
조작 전력 심판
의문스러운 판정으로
은빛이 되어 버린 연아는
금빛보다 더 빛났던 은이 되어
그래도 연아는
미소 지어 주었지
위로받을 사람이
위로하고 떠났던 날

우리의 귀한 딸 연아는
피겨 스케이팅계의
영원한 여왕이고 전설이며
영원한 금메달이요
우리 대한의 희망과 사랑인
연아에게 길이길이 영광이
있길 비는 바이다
사랑한다 연아야!

2014년 2월 22일
소치 동계 올림픽서

생각나는 한나

가끔 복도에서 지나쳤던
말 못하는 두 벙어리
하얀 피부 블론디 머리칼에
희멀건 웃음만 짓던 소녀와
동양 학생이 어느 날 눈이 마주쳤다

그동안 독일어를 열심히 공부한
동양인 그녀는 그날 소녀에게
독일 말로 마음을 겨우 열었다

얼굴이 발그레한 저능 소녀는
히죽히죽 반웃음에 눈물을 글썽이며
"이히 리베 디히"! (Ich liebe dich)
사랑한다고 강하게 고백하던
말이 어눌한 소녀는 그만 울어 버렸다

모두 자기를 못 본 척한단다
친구가 하나도 없단다
그 말에 가슴이 너무 아팠던 그날
병원복도 청소부 천진한 소녀와
두 손 꼭 잡고 통성명했었지

나는 수잔이다, 넌? '나는 한나'
그렇게 그녀는 나의 첫 독일 친구가 되었고
외롭고 쓸쓸해 보이던 착한 한나가
지금은 어떻게 지낼까?

새벽을 여는 그리움

바다 그 파란 바다에서
하늘 한 달빛 바닷바람
새벽 고요 물결 타고

샛별 속삭임의 새벽길
애잔한 그리움에
찾아온 그대는

영원한 별로
가슴에 남을 詩 되어
떠날 줄 모르는
우리의 회포
정겨운 속삭임은

하얗게 밤을 새워
하모니를 이루는
새벽의 그대는
가슴에 두고 간
영원한 그리움.

이방인

십 년 세월이면 강산도 변한다는데
강산이 수 번이 지나도록 이곳에 살면서
난 아직도 캐네디언 공공장소에 가면
異邦인을 느끼고 한갓 디아스포라다

사랑하는 고국인 한국을 다니러 갈 때면
이곳은 내 조국이다, 하고 어깨를 펴고
비행기 안에서부터 들뜨던 마음이
입국소에서 외국인 줄에 서야 함에
또 이방임을 느끼는 슬픈 마음이 된다

오랜만에 친척 친구들 만나느라
며칠은 정신없이 쏘다니다가
어느 날은 한국 주민등록번호 없이
캐나다 시민권에 패스포트로는
어떤 곳은 불편했을 때 또 이방인임을

나는 아니라고 외쳐본다
어느 나라든지 그 나라 질서를 잘 지키고
사랑하며 살 때, 나는 이제 이방인이
아니라고 나에게 말해본다

그래, 캐나다에 도착하니 입국이 외국인이 아닌
캐네디언 줄에 섰으니 나는 결코 이방인이 아닌
캐나다 시민권으로 캐나다를 사랑하고 조국을 사랑하고
한국의 문화를 심는데 조금이라도 기여할 수 있는
양국을 오가는 하느님의 시민임에는 틀림이 없겠지.

이별

잠깐의 한국 방문을 마치고
그리운 고국을 떠나는 이른 아침
공항을 향해 페달 밟는 조카의 차가
어쩜 그리도 무겁게 느껴지는지
서울시를 온통 휘감은 안개는
인천대교에도 자욱이 깔려
정든 고국을 아쉽게 떠나는
나의 마음을 헤아리듯 했다
도착 때는 소녀 같은 설렘으로
고국 땅에 입맞춤하고 싶었는데
이젠 쓸쓸한 입맞춤을 안개속으로
그동안 고국에서 아픈 일 기뻤던 일
좋은 만남 뜨겁던 사랑 가슴에 담고
안갯속에 이별의 키스 내려놓는다
설레고 피 끓던 청춘에 떠난 고국
그간 수차례의 고국 방문이었지만
머리칼 성성이 서릿발 내린
이번 고국의 이별 앞에서는
팔은 역시 안으로 굽는다는 것
추적추적 가을비까지 내려
마음 한구석 쓸쓸함이 너무 크다
속으론 다시 돌아온다, 조국아!

또, 만난다는 희망 안고
보슬비 내리는 하늘 바라보면서
고국과의 진한 이별을 고했노라

떠나오던 날 비행기 안에서 쓴 글

그리움의 빛

맑은 새벽
임의 별빛 미소가
새벽 향기 흐르는
서정의 바람 속에

임의 별빛이
새벽이슬 위에 내리고
임의 별빛 미소
내 마음의 그리움으로 내립니다

가슴에 작은 울림으로
고운 속삭임 되어
잔잔히 흐르는 별빛 안에
흐르는 바람 노래와 함께

그리움의 멜로디로
소리 없는 사랑이
가슴으로 가슴으로 맑은
샘물 되어 흐릅니다.

자화상

이름 모를 작은 들꽃
파란 하늘 향하여
수줍게 미소 띠며
바람결에 날린다

영롱한 아침 이슬 마시고
고마운 햇살 먹고 커가며
밤바다 별들과의 밀어로
맑아지고 싶은 영혼이

아무도 봐 주지 않아도
뭇사람의 발에 밟혀도
다시 일어날 힘 주심에
늘 감사하는 작은 들꽃이여,

사이프러스와 슬픈 이별

한 집터에서 오랜 세월을 함께 한 우리
여린 널 거친 땅에 심고 뿌리내릴 때까지
눈보라와 폭풍우도 이겨내며 잘 커 주었다

정든 본집 떠나 이국에 접목된 나도
새 땅에 적응하기까지 어려웠지만
우리 뒤뜰을 지키며 파란 하늘 향해
늘 푸름인 너를 보면서 힘과 꿈을 키웠지

별이 쏟아지는 여름밤 힘차게 뻗친
반 고흐의 사이프러스 한 폭을 가슴에
그려도 봤는데 넌, 어찌 벌써 이별이냐

지난 겨울 모진 눈보라에 몹시 지쳤었구나
봄이 와도 깨어나지 못하는 너를 보면서
제발 살아다오, 간절히 바랬건만

오늘 너를 처분하여 실려가는 큰 몸집이
어쩜 이리도 마음 아픈지
빈 너의 자리가 너무 쓸쓸하다

정들었든 너는 후손에게 거름이 되어 주고
그 자리에 한 그루의 어린 나무가 대신 섰다
먼저든 후에든 우린 떠나야 하는 운명이라
이것이 당연한 자연의 순리라 하든가.

2 자연의 숨결

자연의 숨결

오늘 아침
뒤뜰을 거닐다가
그들의 숨결이 들렸다

밤사이 촉촉이 내려주신
시원한 하늘 물 마시고
담장 타고 힘차게 뻗은
호박 덩굴에

주렁주렁 맺었던
아기 호박이
밤사이 쑥~욱 자랐네

옛 어른들 말씀이
아이들은 아프고 나면
쑥쑥 자라고

노인네는 자금자금
아프면서
쉬엄쉬엄 늙어간다던데

호박은 병치레도 없이
밤에도 몰래 자라
어른이 되고 익어가나 보다.

꽃밭에서

아름답고 향기론 꽃밭에
모여든 귀한 손님은
순한 나비와 꿀벌들

벌은 온몸을 꽃술에 파묻어 비비고
나비는 바람 타고 살랑살랑
꽃술에 깊숙이 입맞춤하네

그들, 꽃과의 뜨거운
사랑 멋 향연에
내 가슴이 마구 뛰는 희열

자연을 통한, 아낌없는
창조주의 사랑을 보여줌이
어쩜 이리도 황홀한지요!

하얀 봉숭아

언제부터인지 고향을 그리는 모국 화초들
봉숭아 백일홍 채송화 분꽃 코스모스 씨를
앞 뒤뜰에 여기저기 뿌렸더니
올해는 하얀 봉숭아 무리도 튼실하게 컸다
어릴 적 열 손가락에 정성 들여 빨갛게 물들여 주시던
어머니 언니들의 추억에, 주말에 오는 손녀의 쪼개 한
손톱에도 곱게 물들여 주고 싶은데
하얀 봉숭아도 빨간 물을 낼 수 있을까, 아마도
캐나다에 온 봉숭아는 고향 그리움에
하얗게 밤새우며 그리움에 타다 남아 하얘졌을까
반질반질한 차돌로 빻으면, 진한 그리움의 눈물로
더 진한 붉은 물이 나오지 않을까…

옆에 핀 온갖 캐나다 꽃들이 셈을 하듯
화려한 빛깔로 뽐내는 얼굴들이지만
어쩐지 촌스럽게 보이는 하얀 봉숭아가
아련한 추억으로 아름답기 그지없다
오랜 이국 세월로 잊을 것 같으면서도
나이 탓인지 고향은 더 그리워진다
우리 집 장독대 옆 조그마한 정원에
다소곳이 피었던 채송화 봉선화의 정겨운 추억에
고국을 향하는 애타는 이 마음 어쩌면 좋아,
예 따 띄어보자, 파란 하늘에 둥실둥실 떠가는
뭉게구름 편에 마음이라도 실어 보낼까 보다.

개망초 향기

유월, 칠월 푸른 들판에
흐드러지게 피어나는 개망초가
소녀의 가슴을 두드렸다

길가에 흔하디흔한 개망초
뭇발길이 그냥 지나치지만
칠월 생일 소녀의 눈에 제일
아름다운 꽃으로 생일상에 꽂혔다

자연과 함께한 소박함은
순백의 순결한 소녀 같아
그녀의 가슴에 향기로 피워
개망초야, 이제 넌 잡초가 아니니라

코스모스 피던 언덕

제목 : 코스모스 피던 언덕
시낭송 : 박영애

파란 하늘은 높아만 가고
하얀 메밀꽃에
꽃잠 자리 사뿐히
바람결에 날개 춤추면

가슴으로 찾아드는
코스모스 피던 고향 언덕길
하늘하늘 순하게
피어나던 길

그리움이 한데 모인
하얀 핑크 어울려 피던 그곳
내 꿈과 사랑 함께한
잔뼈가 자란 언덕

이때가 되면
어김없이 찾아드는
가슴을 저미는 지독한 몸살로
피어나는 추억들

눈두렁길 메뚜기 잠자리
쫓던 그곳엔
이제 다 새 문명의 빌딩으로 둘러싸여
꿈을 키운 고향길 다 묻혀 버렸고

어깨동무 그리운 친구들
먼 나라 먼 도시로 떠나갔건만
난 아직도
이때가 되면

꿈을 키운 내 고향
그리움의 추억
코스모스 언덕길이
내 마음의 영원한 고향인 것을.

무궁화 2 (손주 기념식수)

첫 손주가 태어나는 큰 기쁨에
좋은 것 해 주고 싶은 할아비 할미의 마음에
캐나다서 난 아이라 출산 기념식수로
캐나다 단풍나무를 심어 줄까 하다가
아니다, 한국의 얼을 심어주자, 그래서

정원에, 본국 순종인 큰 무궁화 나무에
새끼 친 작은놈 한 그루를 뽑아
손주 출생 기념식수로 심어 주었다

손주도 무궁화도 무럭무럭 자라
삼 년이 되는 여름 예쁜 보라색으로
아름다운 무궁화 꽃이 피었습니다

손주가 다 알아듣지 못하더라도
물 호스 함께 잡고 열심히 물을 주며
무궁화 노래도 애국가도 불러 주고
무궁화 꽃 이야기에 꽃이 핍니다

비록 이국에 살고 있지만, 대한민국 국화가
우리와 아들네는 정원 한가운데 자리를 잡아
양옆에 예쁜 캐나다 꽃으로 조화를 이루어
자랑스럽게 해마다 무궁화 꽃이 예쁘게 핍니다.

찔레꽃

유난히 매섭던 칼바람에
폭우 폭설 동반한
지독히 춥던 지난 겨울을
가냘픈 몸 움츠리며
굳건히 이겨낸

초여름의 산책길
한 모퉁이에
다소곳이 피어난
청초(淸楚)한 모습

행여나
임 지나실까
순결의
하얀 속마음을

수줍은
미소로
순백 향 그리움 안고
하얗게 피어난 찔레꽃.

들국화

행여나 사모하는 임
스쳐 가실지
이른 새벽 맑은 이슬로
말끔히 세수하고

옥향으로 단장한
곱다란 얼굴
수줍은 미소로
온종일 기다린다

오곡 익는 맑은 햇살
곱게 받아 안아서
하늘하늘 건강미
한껏 뽐 내며

밤새워 별들과의
시를 쓰며 속삭여
맑기도 맑아라
뽀얀 너의 혼

오늘도 임 오실까
긴 목 쭉 빼고 기다리는
하얀 미소 들국화여

나팔꽃 연가

가냘픈 몸으로
어디든 기댈 곳
꾸준히 꾸준히
찾아 더듬으며

밤이슬 머금고
수줍게 피어난
하늘하늘한 나팔꽃아

무더운 긴 여름
견뎌온 세월로
여리지만 옹 차고
어여쁜 나팔로
사랑 노래 부른다

애타게 부르고
애간장이 타도
아무도 듣지 않는
나팔 소리

청초한 너의 모습
여린 몸짓에
내 가슴이 울렁이며
콩콩 요동 소리
마구 뛰는 이 아침.

하얀 연꽃이

고귀한 너의 자태
청초함이여
진흙 속의 진주로
눈부신 아름다움
고요에 빛나는
하얀 천사 옷깃으로
빗물도 흙탕물도
곱게 받아 안고서
은구슬 옥구슬로 곱게 굴리며
속진(俗塵)을 떠난
은은히 품어 내는 너의 속 향을
어이 알 수 있으리
내 곁에 두고
알고 싶어라
널 사랑하기에.

민들레꽃

척박한 땅에서
가장 낮은 자세로
소박하고
동그란 얼굴
애처롭고
순한 미소로
그리움
가득 안고서
푸른 하늘
당신만을 바라보며
수줍은 미소로
노란 그리움을 고백한다
오직 당신만을 사랑한다고!

맑은 너의 모습

이름 모르는 하얀 꽃
너에게
유난히
내
눈이 멈추고

내 마음은
더 깊게 깊게
빨려든다

맑은
너의 모습을
닮고 싶어서.

두견화 피던 고향 봄

앞뒤 산에 흐드러지게
진달래꽃 필 적에
한입 가득 넣고
잘근잘근 씹어 먹던
먼 옛날 기억 속으로
애잔해지는 두견화 피던 고향 봄

새순 돋은 부추밭 매만지며
흘리시던 어머니의 눈물은
두견새 피 울음 같았으리

나라에 몸바쳐 전사(戰死)하신
큰아들 키우실 때
초봄 첫 부추 먹이면
피가 맑다 하여 애써 먹였던

대들보 같은 아들 생각에
모두 기뻐하는
두견화 피는 봄이 오면
더욱 도지던 지병

까맣게 타는
가슴앓이 하시던
그리운 우리 어머니
두견화 필 적에.

두견주(杜鵑酒)

두견화 활짝 필 때면
울 엄마 바쁘셨지
참꽃 따다 말리셔서
아버지가 좋아하신
두견주 빚으셨다

참 쌀 고두밥에 잘 띄워진
누룩가루 곱게 버무려
반질한 항아리에
정하게 말린 참꽃을
겹겹이 차곡차곡 넣어

헛간 푹신한 짚더미에
십여 일 고이 두면
헛간을 지날 때마다
소록소록 두견주 향기에
진달래 봄 향기는 우리 집에
구석구석 가득 피었지.

밤하늘 친구들

한여름 정원 식탁에
하얀 달빛 내려
막국수 술술 넣는
입가에 머물더니
식후 내린 국화향 찻잔마다
은은한 빛으로 친구 하잔다

저녁상 물린 텅 빈 식탁 위로
여름밤 하늘은 잔치가 벌어진다
시원한 바람결에 한가히 떠가는 구름에
가렸든 달님, 또 구름에 달 가듯 잘도 가고

크고 작은 수많은 별
반짝반짝 떼 지어
소곤소곤 속삭이는 아름다운 밤

새벽녘 잠이 깬 나에게
창가로 찾아온 큰 샛별 하나가
눈부시게 가슴에 안겨와 얘기하잔다

안돼, 겨우 새벽 두 시인데
그래, 더 자면서 꿈을 꾸리라
그리운 밤하늘의 친구들을.

상현달

차가운 밤하늘을
별들과 벗하며 지키는 달아
고유 명절 설도, 입춘도 지나
봄이 가까이, 또 날마다 커가는
밝음으로 가는 상현달아

산모가 만삭을 향해 분만까지
아가 세상 나올 준비로
풍만함에서 생명의 에너지가
뿜어 나오는 엄마의 배불뚝이처럼

너도 보름날 가득 참을 꿈꾸며
우주 생명의 에너지를
우리의 가슴에 안겨줄
대명절 정월 대보름을 향해

날마다 아름답게 차오르며
밤하늘을 침묵으로 떠가는
상현달아, 나, 너의
아리잠직한 빛에 빠졌노라.

낮달

밤새껏 머물고도
무슨 미련 그리 많아
창백한 얼굴로
아직도 계시나요

태양빛이 부끄러워
빛 영광 가리고
하릴없이 제 살점 파내어
가련한 쪽박으로
누굴 찾고 계신가요

해 묶은 숱한 얘기
숨죽여 안고서
들릴 듯 말 듯 보일 듯 말 듯
애련한 하얀 낮달이여!

보름달 밤에

사각형 창(窓)으로
살포시 오신 임

눈부신 달빛 속에
그대 얼굴 비쳐와

두 눈을 비비며
다시금 보려다

짓궂은 구름이
훔쳐 간 그대가

어느새 그리움을 찾아
내 가슴에 왔더이다

이름 다른 나라에도
한 하늘 아래 같은 달

그 속에서 찾은 임
내 마음에 있습니다

별아 1

별아!
넌 어쩜 나를
이처럼 맑게 비추니

캄캄한 밤에도
나에게 나타나고

눈을 감으면
더 환하게 비춰오는 넌

나의 영혼까지
환히 비춰 보는 너는

나의
영원한 별이어라.

별아 2

그리움이 밀려오는 날
밤하늘의 별을 보며
하나 둘 셋 헤아린다
수많은 별이
반짝이는데
외로운 별 하나가
유독 나를 비추며
가슴에
가슴에
안겨와
내 안에서
영원히 머무는
나의 별이 되었다.

먼로의 저녁노을

새하얗게 쌓인 눈길을
뽀드득뽀드득
상쾌한 겨울 산책길에

노을빛 아름답게
먼 하늘 장밋빛으로
곱게 타오른다

잠시 후 눈부신 노을
메릴린 먼로
높은 건물 위에 걸터앉자

진홍빛 유혹으로
붉게 붉게 타오른다
터질듯한 그녀 정열처럼

그러나
짧고
아쉽게

가히 환상적인
설(雪) 빛 노을은
먼로처럼
짧게 끝났다.

구름과 청산의 정경

밤비 온 다음 날
상쾌한 아침에
청산은
더 맑고 푸르다

갓 피어난 하얀 구름은
정갈한 산줄기에
사뿐히
그대와 포용하며

아름다운
세상을 내려보다가
함께 소풍 가잔다

구름과 청산의
맑은 情景이여.

3 온타리오
호수에 (캐나다)

온타리오 호수에(캐나다)

해 질 녘 저 불타는 노을
온타리오 호수에
펼쳐진 붉은 물결

황홀한 잔치
테네시 왈츠
향연에

나도
붉은 드레스로
찬란한 금빛에 휘감기어

너와의 춤을 즐기는
꿈같은 테네시 왈츠 스텝을
오늘도
밟고 있다.

당신의 숨결이

작년 가을, 양난蘭 화분에
서걱서걱해 보이는
거친 나무껍질 흙으로
분갈이를 해 주었더니

올봄에, 두 개씩의 꽃대가
힘차게 솟아나
줄줄이 예쁘게 피었다

그 작은 보금자리
몇 삽 정도의 흙에서
저토록 큰 꿈을 품고 있었다니!

아~ 이 황홀하고 감사함을
꿈을 키워준 무한하신
당신의 숨결이 계셨음을.

캐네디언 로키산맥
(THe Canadian Rockies)

캐나다 서부 관광의 핵심인 로키산맥
하늘 높이 솟아오른 설산으로 북미 대륙
서부를 관통하는 살아 있는 대자연의
캐네디언 로키의 사랑을 꿈꾸며 찾아간다

밴프(banf) 제스퍼(Jasper)의 국립공원이며
웅대한 산봉우리가 솟아 있는 설산 계곡들
최고봉 롭슨 봉은 3.954m 된다니,
사시사철 모여드는 관광객은 아이스필드 파크웨이
설상 차를 타고 만년설 빙하까지 올라간다

녹은 빙하 물에 위스키를 타서 마시는
그 짜릿한 얼음물 맛은 어디에도 없으리라
오랜 세월의 빙하를 바라만 보아도
숨이 막힐 압도적인 아름다움이
해마다 빙하의 길이가 조금씩 짧아진다니
우리 모두에게 심각한 환경보호의 경종이 아닐까!

세계 10대 절경인 루이스 호수(Lake Louise) 뿐만 아닌
곳곳에 숨어 있는 호수들과 깍아지른 듯한
설산과의 아름다움은 무아지경의 상태에빠지는듯 한
그 장엄하고 신비로움을 언어로는 다 표현할수 없음에
천상의 빛을 품은 조화(調和)의 향연에 숨이 막힌다

가장 아름다운 빛깔이라는 페이토 호수는
신비한 푸른 물빛이 차마 호수라 부를 수 없는 색깔!
빙하가 녹아 흐르면서 암석 가루가 가시광선의
푸른색만 반사하기 때문이라나!

영혼의 물이 담긴 호수라는 미네완카 호수의 쿠르즈는
설산을 더 가까이서 볼 수 있음에
산허리를 휘감은 운무(雲霧)에, 그 경이로움은
지금도 로키의 꿈길에 있는 착각이다
스릴이 넘치고 곳곳에 숨어 있는
보석을 찾는 듯한 호수와 설경은
꿈에도 잊지 못할 천하절경임을.

나이아가라 폭포(Niagara Falls) 1

쏟아지는 물소리 고막을
울리는 천둥소리 같아라
그 웅장함은
승리에서 돌아오는
말발굽 소리처럼
힘찬 물줄기의 폭포는
청천(靑天)도 하여라

쏟아져 남기는
뽀얀 안개는
백마 탄 기사의
깃발 같아라

일백칠십육 피트의 높이를
초당/육십만 갤런의 물을
만 하고 이천 년을
한결같은 너의 순결
힘찬 폭포여
영광의 빛이여

부수며 떨어지는
굳센 힘에는
하나로 합치는
큰사랑 위해
내릴 때의 아찔함
모두 다 잊고
함께한 그 신비
장하기도 하여라

물은 하나 더하기 하나가
답은 둘 아닌 하나의 힘으로
주님의 영광이 빛날 땐
너는 기막힌 마법으로

용기 평화 사랑 기쁨 그리움
에너지를 한껏 주는 마술에
때론 아픔도 슬픔도
너의 센 물살로
다 씻어 주는 사랑의 폭포여

나이아가라 폭포(Niagara Falls) 2

수십 번 너를 찾아갔다만
매번 새롭고 신기함을
마구 퍼 주는 너 앞에
울고 웃는
순수의 사랑이여
신비의 폭포라 칭하리라

너를 만나러
매년 모여든
십이만 관광객은
떨어진 너를 보러
안갯속의 숙녀호로

가까이 가까이
아찔한 전율에
무지갯빛 물보라에
온몸이 젖어도 행복한 얼굴들

하늘을 나르는 순수 흰 꽃 캐나다 명승지
하늘을 수놓는 7색 무지개로
캐나다 단풍의 황홀한 물빛이며
수정 기둥 반짝이는 겨울에도
사계절의 風光을 한 몸에 안고
사람들을 당기는 너의 매력을 두고
백문불여일견(百聞不如一見)이라 했던가

세계의 관광지로 이름을 날리는
일편단심 너의 모습
나이아가라폭포여
신비의 광채(光彩)여

앤 그린 게이블을 찾아서(빨간 머리 앤)
(Anne of Green Gables)

캐나다의 동부 끝 작은 주 PEI에
빨간 머리 앤의 하얀 집
루시 모드 몽고메리의 고향인
평화로운 푸른 초원 전원에는

앤의 꿈을 키운 샬럿 마을로
세계적인 명승지가 되었음은
그 집, 동화 속의 티없는 소녀의 꿈나라
마릴라와 앤의 순수한 대화의 숨결이
지금도 귓전에 생생히 들리는 듯하다

아름답고 평화로운 푸른 초원에는
온갖 초목들과 꽃으로 아름다운 정원들
질서 있게 펼쳐진 농산물 중에
감자 꽃이 어쩜 그렇게도 아름다운지
그 모든 것이 자연과의 조화를 이룸이리라

햇살에 찰랑대는 비단결 바닷물
평화롭게 펼쳐진 은빛 모래사장은
순간 속에 영원을 사는 그들의 모습들로
풍부한 상상력에 늘 생동감이 넘치는
주근깨 투성인 빨강 머리 앤이 뛰놀던 농장에는
행복에 젖은 주민의 순박한 미소 속에
앤의 맑은 숨결이 진하게
지금도 나에게 들려오는 듯하다

그대 오시는 희망

시나브로 오시는 그대여
희망의 그대를 기다리오
굳은 땅 헤집고 움 틔우는
연약한 숨소리 들리는가!

겨우내 눈 속 깊이 잠자던
튤립 수선화 크로코스가
뾰족이 연두 입술 내밀 날이
머지않겠지

뒤숭숭한 텃밭에 호미 들고
거친 흙 곱게 다져 씨 뿌려
여름내 싱싱한 푸성귀로
이웃 정 함께 나눌
삼겹살 쌈 파티에 행복이 가득한데

저 찬바람도 곧 솔솔 봄바람 되리
우리 모두의 꿈인
희망의 봄이여
그대 오심을 기다리노라.

봄 맞이 연주

돌다리 밑에서
음률에 맞춰
쫄쫄~쪼르록~쫄쫄
천연(天撚) 멜로디

갓 얼음에서 녹아내린
청정(靑淨)이 흐르는
작은 개울가 연주(演奏)에

햇살 안은 버들강아지
살랑살랑 봄바람에
보시시 솜틀 웃음치고

극치의 하모니에
파란 하늘 구름도
함께 춤춘다

이 멋진 봄맞이 연주에
고운 미소 한 가닥, 하늘 향해
당신은!
아름다운 악기(樂器)를
세상에 골고루 놓아두셨군요!

봄 마중 (동시)

봄 햇살 고운 날
들 길 걸어가면
새 옷 입은 친구들 만난다

연두색 새 저고리에
수줍게 손짓하는 새싹 보면
연둣빛 시를 쓰고 싶다

솜틀 웃음 버들강아지
파란 하늘 향한 눈웃음에
파란 시를 써서
파란 하늘 미소에 날리고 싶다

또 걷다 만난 노란 개나리
깔깔 웃는 노란 웃음에
노란 시를 써서
민들레 마중 가고 싶다.

프리지아 꽃 향 같은 친구에게

Freesia 꽃 한 묶음을
그리운 친구에게 보내고 싶은 오늘
어떤 언어도 네 내면의
아름다움을 표현할 수 없어

단아하면서 향기로운 꽃
새봄에 하얗고 샛노랗게 피어서
은은한 향기로 많은 사람의
사랑을 받는 프리지아 꽃 같은 너

자기를 크게 드러내지 않으면서
다른 꽃에 잘 아울려
꽃꽂이 때 허전한 자리에 꽂으면
아름답게 조화를 이루기에

깊은 신앙과 겸손한 삶의 향기가 가득한
너의 모습을 보는 것 같고 널 닮고 싶어
나도 언제부턴지 이 꽃을 사랑하기에
꽃가게를 지나다가 한 묶음 샀어
싱그러운 봄 식탁을 꾸몄지

봄 향기에 푹 젖어 보는 오늘은
널 보듯 행복한 미소도 절로 나고
왠지 센티멘털한 눈물도 난다
보고 싶다, 그리운 친구야
너 같은 싱그런 미소, 봄이 왔구나,

찬란한 5월이 안겨옵니다

땅을 부드럽게 포용하고
키우는 5월의 대지가
신록으로 아름답게 펼쳐집니다

풋풋한 초록향 바람은
우릴 정원으로 공원으로
꽃들의 잔치에 불러냅니다

새 옷 입은 연두색 나무에선
이름 모를 뭇 새들의 노래와
하늘은 파란 물로 가득하고

싱그런 푸른 대지 위엔
당신의 숨결과 미소
당신의 순한 바람으로

건사한(take care) 당신 창조에
황홀한 5월의 빛깔은
무한한 행복을 안겨줍니다

시리도록 하얀 아카시아 향이
가슴 깊숙이 스며드는 5월
감사와 찬양의 노래로
찬란한 5월이 안겨옵니다.

5월의 추억

 제목 : 5월의 추억
시낭송 : 박영애

그대 생각나는가
싱그런 아카시아꽃 향 가득 안고
밤하늘의 수많은 별을 헤아리며
오솔길 거닐며 나누던 얘기들

그대 생각나는가
5월의 풋풋한 사랑이 담긴
신록의 다정한 몸짓처럼
정답게 손잡고 멀리
저 멀리 함께 걷던 길

그대 생각나는가
향긋한 풋 내음으로
온 전신 스며들던
혼신 바친 사랑노래
짝짓기 풀벌레 애정 가를

그대 생각나는가
머리 위에 떨어지든
수줍은 아카시아 꽃 향처럼
우리들의 소중한 꿈과 사랑도
싱그러운 오월의 신록 같았음을.

신록의 유월 아침

아침 산책길
내 발을 멈추게 한
하나의 물결

넓게 펼쳐진 들판 위
하늘하늘 춤추는 잔디가
부드러운 비단결 되어
잔잔히 펼쳐지는 저 파도

때론 세찬 바람결에
힘차게 흘러가는 강물처럼
온통 파란 물결은

신록의 계절
유월을 장식하는
풋풋한 초록 향기에

시가 흐르고
노래가 흐르는
맑은 아침 햇살에

황홀한 초록빛 물결의
향연을 이루는
행복한 이 아침

풍경(風磬)소리

별빛 쏟아지는 여름밤
시원한 한줄기 꽃바람
무희(舞姬)가 시작되면
정적을 깨트리고
풍경은 노래 부른다

등 굽은 소나무에
매달린 풍경소리와
밤하늘 요염한 실루엣에
내 마음 빼앗기는 깊은 밤

달무리에 맑은 소리는
무념무상(無念無想)으로 흐르는
어쩜 이리도 가슴 깊숙이
영혼을 촉촉이 적시는지,

녹슬고 삐꺽거리는 찌꺼기들
비워내고 씻기고 맑게 맑게
헹구고 싶은 고요한 이 밤
저 맑은 풍경소리처럼

보릿고개 어머니

좋은 일, 힘든 일 즐거움도, 배고픔도
내심으로 다스리시던 그리운 내 어머니
가족 위한 인내와 희생과 사랑은
걸어오신 당신 삶이 고스란히 담겨 있는
겸손하신 당신 모습 바로 그대로였습니다
보릿고개 넘기실 때 옹기종기 자식새끼
배고프면 어찌할까, 애간장 타시며
삼키신 속눈물 그 얼마였을까요
아무리 힘들어도 진솔하신 삶의 길을
깊은 신앙심 안에서 고되신 삶을 인내로 걸으셨던
어머니의 헌신적인 자취들은
줄줄이 흠모(欽慕)할 사랑의 詩가 되리
또 어찌 한 권의 소설로 그 사랑을 다 쓰랴
가슴에 묻어놓고 고요한 밤하늘에
어머니의 별을 찾아 하나씩 꺼내어서
두고두고 읽을 가슴에 쓰인
그리운 내 어머니의 장편소설

고향

고향은 언제나 포근한 엄마의
젖가슴 같고
오늘에 나를 존재케 하는
한 알의 작은 씨앗 길러 주었지

그 고향을 오랜만에 찾아가도
구수한 된장 맛 옛 그대로가 그립고
앞 뒤뜰에 주렁주렁 단감 대추 복숭아
살구가 푸짐하던 그 집

애타게 기다리다
터져버린 가슴에서
알알이 쏟아진 빨간 석류알
새콤달콤한 그 맛 어디에 비할까

푸짐한 인심 담고 담아도
무엇인가 한없이 안겨주는
내 고향 종갓집 옛 마을은
아직도 파릇파릇
봄날 새싹 같은 희망이고
늘 푸름으로 마음 한복판에 앉아

생각만 해도 따스한 기운이
가슴으로 안겨오고
늘 애틋한 그리움이
착한 마음으로 솟아나는
어머니 품속 같은 따뜻함에
고향은 언제나 마음의 포근한 안식처다

물 이야기

어느 날 갑자기 소낙비 내리면
금세 산줄기 타고 모인 빗방울이
작은 개울 되어 쫄쫄 소곤대며
냇물로 흘러가는 산줄기 이야기로
조잘대며 만난 여러 친구와 웅성거리며
강으로 흘러가는 산속의 이야기에서
바다라는 넓은 세계로 가는 큰 소리를 낸다

바다에서는 깊고 넓게 커가는 가슴으로
잔잔한 파도에는 애잔한 그리움 사랑 얘기에서
갑자기 휘오리 바람으로 바위에 부딪히면
허옇게 산산조각 정신이 아찔해지면서
나날이 조금씩 커가는 가슴은
세찬 강풍에 출렁이는 파도라는 이름으로
날마다 부서지는 몸살의 소리를 듣는 모두께
기쁨, 용기, 희망, 슬픔, 그리움도 안겨 주고
하늘과 동색으로 입맞춤의 하나가 되는 감격과
두둥실 떠다니는 구름도 산도 다 담아 안는 바다는
모든 것을 포용하는 어머니 가슴이 되는
바다 그대여!

낮은 곳으로 흐르는 자연의 순리에
순응함과 겸손을 영원히 배우는
평생교육을 보여주는 어머니 품인 바다
그대는, 강하고도 아름다워라!

생명체인 해수(海水), 생명의 근원인 물,
그대를 배우고 사랑하노라.

동네 축구 구경

여름이면 동네 공원 축구장에서는
어린이들의 축구 경기가 열렬하다
축구 구경도 좋지만 더 흥미가 사람들 구경이다

황색인, 흑인, 백인, 인도 그리고 섞인 아이들
응원 나온 엄마 아빠들 역시 순색도
섞인 이들도 있어 다양한 색깔의 한 가족

그래도 응원은 안 섞이고
자기 팀 하나만을 응원하고
그러나 상대방 팀 이겼을 때도
손뼉 쳐주는 넉넉한 모습에

아름다운 캐나다의 다문화
복합문화정책의 한 폭의 그림은
세계인이 한데 모여 이질적인
다양한 문화를 구가하는 사회에
아름답게 모자이크를 만들고 있다

남의 문화 존중하고 아껴주는
한 국가를 이루어가는 축복된 나라
축구 경기에서 다시금 느꼈다

구경 갔다가 나는 보았노라
가슴이 터질 듯 기쁨을 주던
멋지게 골인한 아이가
찬란히 빛나는
우리 대한민국의 새싹이었음을!

집 한 채가 박살이 났다

이른 아침
성급한 외출 길에 밟히는 소리
싸르락 ~
돌아보니 집 한 채가 부서졌다

어쩌면 좋아, 온 집안이 박살이 났잖아
비 온 뒤 좋아라, 소풍 왔다가
무딘 발밑에 깔려 버렸다

바쁜 길 그냥 지나치고는
외출에서 돌아와 다시 보니
35도 태양열에 다 말라버렸다

남의 집 망쳐 놓고
아무 일 없는 양
온종일 내 일에만 열중했었지
마음이 아리다, 쓰라린다

비 온 뒤면 나와서
좋아라, 춤추던 그 친구
미안해 달팽이야
성급한 내 탓이다

단비

찌는 더위가 이어져
땅이 쩍쩍 갈라지고
초목이 축 늘어져
목말라 애타게 기다릴 때

시원히 쭉 내려주는 비는
정녕 단비가 되어
우선 시원해서 좋고

먼지가 깨끗이 씻겨서
말끔한 거리를 걸을 때
상쾌한 기분에 좋고

숨 쉴 때마다 맑은 공기로
행복한 미소가 건강에 좋고
목마른 초목들이 하늘 물 마시는
청초한 모습 더 보기 좋다

싱그러움 속에서
우리는 많은 행복이
늘 가까이 있으니

생명에 소중한 자연과 함께
주어진 오늘도
감사한 하루입니다.

단풍을 만끽하던 필드에서의 하루

까르르 와~ 모두의 환성이 퍼진다
캐나다의 시월 어느 골프장에서 들리는 즐거움
야~ 뭣하니, 비싼 그린피(green fee) 내고
공을 치니 단풍 구경 왔니..? 하나같이 왈~
공도 치고, 우리의 만남과 단풍 구경이 더 좋단다

우린 불타듯 황홀한 단풍에 취해 버렸다
아들네 집을 가끔 다니러 한국에서 온 친구와
오랜만에 필드를 함께 라운딩 하던 날
단풍 나라 캐나다에 올 때마다
아름다운 단풍과 맑은 공기 대자연이 정말 좋단다

다 할머니인 우리는 세월을 잊었다
청춘으로 되돌아간 시간에
유난히 맑았던 그날 파란 하늘 지붕 아래
펼쳐진 대자연의 아름다운 신비에
푹신한 파란 융단 필드를 힘차게 걸으며

환성을 지르고 나이도 잊어가던 그날
오랜만에 만난 소중한 우리들의 우정은
마냥 행복한 웃음이 필드를 가르며
골프채를 휘둘렀지!

새벽길

10도의 가을 새벽
커피 향에 취한 채
안갯길 뚫으며 달려간 필드

상큼한 심호흡
영롱한 이슬방울
발등에 젖어들고

안갯속 창공을 날아간 굿 샷
숨어있는 하얀 달
나뭇가지 위를 휙 넘어

그린에 안착한 하얀 공은
마알간 이슬에 뒹굴며
입맞춤한다

어느새 바람이 데려온
단풍잎도 함께 뒹구는
정다운 가을 친구들

그린 위를 누비는
한 폭의 멋진 가을 수채화에
상쾌하고 행복한 운동
새벽 필드 골프가

4 가을 안에 그대가

가을이 오는 길

고운 햇살 안고
잔디에 누워
하늘 여행 떠난다

베일 쓴
고운 선녀
두둥실 떠다니고

푸른 물로
만삭된 하늘이
가슴에 안겨온다

바람이 실어 오는
벼 이삭 알알이
익어가는 소리

가슴에
가슴에
가을이 안긴다.

가을 안에 그대가 1

마음을 달아보았다
얼마의 무게가 될까 하고
저울추가 가늠을 못하고
넘어가고 만다

그대를 향한 내 마음
파랗고 맑은 가을 하늘은
높고도 높아라

그대의 바다처럼
넓고 깊다는 것을
저울추는 아는가 보다

어이 이리도
가을의 당신 사랑은
셀 수도 무게도 알 수 없나요
이 가을 안에 온통
그대를 담고 있으니,

가을 안에 그대가 2

새 가을
새 이슬
새 아침에
맑은 공기 호흡하며
내가 제일 먼저
아침 인사하고 싶은 분
가을 안에
당신을 사랑한다고

오늘 하루
파란 하늘과
금빛 햇살에
참신한 미소
싱그러운 바람결 소리
내 마음 다해
가을의 한 중심에
내 마음 한 중심에
그대가 있다고,

이 가을에는

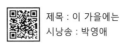

제목 : 이 가을에는
시낭송 : 박영애

오랜 그리움이 꿈틀거리며
내 마음을 흔드는
이 가을에는
그리움의 시를 쓰고 싶다

바쁜 삶에 잊은 줄 알았는데
멀리 떠가는 조개구름에도
은빛 억새꽃을 마구 흔드는 바람에도
그리움이 흐르고

시린 가을 햇살 머금고 익어가는
곡식 알알에도 그리움이~
귀뚜르르 청아한 귀뚜라미 소리도
어쩜 오늘 밤은 내 마음을 이처럼 흔드는지

아스라이 지난날의 그리움 다 모아
고운 단풍잎에 함께 싸서
파란 하늘 보자기에 가득 담을 수 있는
그리움의 시를 쓸 수 있다면

아직도 내 마음을 기다려 줄 것 같은
켜켜이 묵은 책갈피 곱게 열어
살랑살랑 스치는 가을바람 편에
어디론가 훨훨 보내고 싶다
이 가을에는

가을 연가

빨강 노랑 파랑 수채화로
온 산과 들을 물들일 때
가을은
시의 언어도
모자라게 황홀합니다

눈 부신 햇살 아래
곱게 물든 잎마다
당신의 숨결이
흐르는 시에
감사의 환성 절로 나옵니다

알알이 황금으로 맺은
푸짐한 가을걷이는
훈훈한 마음 함께 나누는
사랑의 추수 계절입니다

우리는 모두
찬미와 감사의 노래가
가슴에서 가슴으로 모두에게
퍼지는 가을 노래를 부릅니다.

J에게 보내는 가을편지

그대의 창가에
빨알간 단풍잎을
날리는 미풍은
가을 국화의 향기도
그대에게 날려 보내고 싶소

불타듯 황홀하던 단풍잎도
소르르 자꾸 떨어져요
그대여!
벌써 늦가을이다
계절이 인생을 부른다.

이제는 벌레들의
행복해 하는 소리도
슬피 울던 소리도
멎어만 가는
요즈음 새벽하늘의 별들도
약간의 추위에
별빛이 움츠리는 것 같아

늦가을 밤의 별들을
하나 둘 마음에 담는다
그대와 나의 별을, 그대를
그리워하면서

이제 별빛 키스로
그대의 입술 위에 빛을 내린다
입술을 촉촉이 적시는
이 새벽에
그대를 사랑한다고,

이별 연가

우리는, 우연한 인연으로
세월과 함께 서로의 마음이
편안하게 오가는 사이에
곱은 사랑으로 익어갔다

우리는, 거리의 공간을 떠나서
서로의 뜨거운 공감에
영혼까지 깊게 빠져들면서
아깝지 않게 다 주고 싶도록
그 마음 얼마나 아름다웠던가

우리는, 어쩔 수 없는
이별 앞에서
깊어진 만큼이나
큰 슬픔을 안았다

우리는, 이제 그 마음을
다스려야 하는
힘든 시간 안에서
아픈 눈물을 삼키는
쓰라린 이별의
가슴앓이를 한다.

가을 (동시)1

파란 하늘 아래
이산 저산 울긋불긋

저 그림을
누가 그렸을까

빨간 물로 노란 물로
황홀한 잎사귀들

누구의 수채화일까!
아! 당신이군요,

오늘 또 한 번
당신의 큰 솜씨에
놀랬습니다.

가을 (동시) 2

가을 나무들은
제각기 엽서를 쓴다고

바스락 부스럭
잎마다 분주하다

빨강 노랑 사람 담아
솔솔 부는 바람 편에

곳곳의 친구에게
보내준다고.

만추 밤의 향연

참가를 서성이는
가냘픈 달빛 따라
뜰 안을 내려보니
하늘하늘 바람결에
그리움이 안겨오고

하얀 서리에도
노란 국화는
수줍은 얼굴로
여전히 쫑쫑이 버텨 있다

창백한 달빛에 이끌려
함께한 나에게
국화꽃 향기로
쓸쓸한 가슴을 헹구어

뜰 안을 비추는 달빛에
비단결로 오시는 임
그윽한 국화향 스며 오는
그리움 가득히 안기는
만추 밤 향연(饗宴)

낙엽 침묵

네 몸체를 알 수 없다
찢기고 갈려서
엉망이 된 살점 위
앙상히 드러난 하얀 뼈

뭇사람의 밟힘으로
자연의 섭리에
순응의 길을 침묵으로
떠나가는 그대여

아는가, 그대는
내 깊은 마음 담은
사랑의 눈 맞춤도
함께 보내노라.

하얀 아침

햇살 한 줌 인색하게
하늘을 까맣게 덮고서
칼바람 불어 재끼더니
기어이 저질렀어

윙윙 울던 그 산고
밤새 치른 끝에
하얀 세상 낳았구려

지금껏 잘 버티면서
눈만 뜨면 나와 눈웃음 치던
뜰의 파란 잔디도 세상도
솜이불 덮어쓰고 겨울잠 들려 하네

나도 그들처럼
캐나다의 긴 겨울을
겨울잠이나 자 볼까!
내 마음 훔친
창밖 세상이 하얗게 웃는
상쾌한 하얀 아침

어느 초겨울 추억

고운 단풍잎에 쓴
그대의 사연이
가슴 한구석에서
추억을 몰고 오는 초겨울

희색 구름이 하늘을 덮고
창가를 때리던 칼바람에도
그대의 엽서는 따뜻했던 그해

하 빠른 세월은
곱게 빗은 머리에도
뜰에도 뽀얀 서리 내려

머지않아 소복이
그리움의 첫눈이
하얗게 쌓일 테지

꼭꼭 여민 가슴에
사랑앓이 하던
사춘기 시절이 생각나는

그때의 초겨울이 찾아와
한 가닥 고운
미소 지어 봅니다.

겨울나무

봄 여름 고이 가꾼 순정
정열의 가을 사랑에
다 퍼 주었고
앙상한 뼈만 남았구려

씽씽 불어대는 칼바람에
윙윙 울부짖는 애처로운 가지들
여윈 손 흔들면서
서로 위로의 눈인사 전한다

흐르는 생명줄 굳게 잡고
하늘 향한 뿌리 나랫짓으로
무언의 진한
사랑 고백은

따뜻한 봄 여름 활짝 필 때
예쁜 얼굴 마주 보며
더욱 사랑하잔다
땅속뿌리의 나래 짓
들리는가? 저, 아린 울림을!

겨울 대지

大地를 덮은
침묵의 하얀 눈 위를
바람은 윙윙 소리 지른다
기쁨 슬픔 한데 엉긴
부르는 노래에
세월이 담겨 있다

눈 속 대지는
그 모두 함께
세월 속에 꿈틀거리며
사랑을 움 틔울
봄을 기다리는
작은 몸부림은
쉬지 않는 생명력이다

설화

눈부신 아침 햇살로
살포시 안겨온 그대는

밤사이 하얗게
가지가지마다

설화로 만발하여
영롱한 보석되었네

볼수록
몸과 마음으로
배어 오는 즐거움

볼수록
다가오는
앙망(仰望)한 행복으로

겨울만이 만끽하는
雪花가 주는
짜릿한 향기

나의 겨울 산책

제목 : 나의 겨울 산책
시낭송 : 최명자

색을 허락하지 않듯
하얗게 덮인 겨울 길
하늘빛 푸르고 햇살 고운 날
아름다운 설화 숲을 거닌다

두텁게 흰옷 입은 소나무 전나무들
당당하게 짙푸름 흐트러지지 않고
햇살이 쏘아대는 가지에는
뻘뻘 흘리는 땀에 솔향 그윽하다

햇살이 유혹한 어느 쪽엔
찬란한 무지개 길도 있어
혹독한 캐나다 추위 눈의 천국을
만끽해 보는 나의 겨울 산행길

아무도 밟지 않은 하얀 눈길을
푹푹 빠지면서 머리로는
몽트랑블랑 스키도 즐기고
캐나다의 옹골찬 내 겨울을 만든다.

5 토론토에
해 뜨는 아침

토론토에 해 뜨는 아침

맨 처음 하늘과 땅 그리고
밝음을 주셨던 그 빛이
이 아침에도 밝아옵니다

맑고 빛나는 여명의 아침이
토론토 온타리오 호수에 열림은
어이 이리 황홀하고 감사한지요

저 빛과 함께
희망을 주시는
오늘 아침을 감사히 열어가고

내일을 가고
당신 곁에 갈 때까지
저 빛 안에서

당신께 영광 돌리며
사랑할 수 있게
그 안에 머물게 하소서

오늘을 주신 이 광명의 날
주님
당신께 봉헌합니다.

하루를 열면서

찬란한 해돋이에
눈을 뜨는 시간부터
살아 있는 詩가 되게

오늘 하루도
나의 작은 일거일동이
詩의 빛깔이 될 수 있는

고운 눈빛과
맑은 영혼으로
그들과 만나서
따스한 마음을 전할 수 있고

아름다운 시로 완성되는
하루하루가
쌓여 가게 해 주소서.

감사한 지금 이 시간

당신이
이 자리에 저를
붙잡아 주지 않았다면

지금 이 시간
제가 이 자리에
없겠지요

당신께서 저에게 주신 이 시간
감사한 제 삶을 살아가며
연약한 이 몸 당신께 의탁합니다

그리하여

저는 먹고 일하고 자고
기도하며 詩를 쓸 수 있어
참으로 고마운 이 시간을
주님께 마음 다해 바치렵니다.

비워가는 삶의 지혜

좀 쌓여도 더 갖고 싶은 마음
욕심부려 모으려는 끝없는
욕망의 삶에서

나물 먹고 물 마시고
팔을 베고 누웠으니 부러울 게 없는
안빈낙도(安貧樂導)까지 하랴 만은

영원히 지닐 수 없는 세상 물질에
마음을 너무 붙이지 말 것을
그 뜻을, 나는 얼마나 알고 있는가?

이제 비우는 지혜를 배우며
평화와 감사를 가져야 하는데
얻는 것보다 더 힘든 것이
비울 줄 아는 지혜이리니

마음을 조금씩 비워 보자
빈손으로, 왔듯이
또, 그렇게 갈 수 있게
당신 지혜 내려주소서.

마음이 담긴 언어

세계의 언어인 영어를 배우려고
많은 사람이 노력함을 볼 수 있다.
다국어를 아무리 유창하게 하더라도
마음이 텅 빈 언어
영혼에서 멀어진 언어는
마음과 마음을 이어주지 못하고
기술로만 익힌 언어라면
살아 있는 언어가 될 수 있을까
고통 중인 이들에게 사랑의 눈길 언어를
오랜 세월 수감자로 실망하는 그들에게
희망이 되는 사랑의 언어를
수화(手話)로 전해야 할 때
사랑의 눈빛 함께한 언어로
맑고 아름다운 마음이 전해지는
언어를 함께 배울 때
참된 언어가 되지 않을까
그런 사회는 얼마나 아름다울까
잠시 그 생각에 잠겨봅니다.

임께, 이 아침을

영롱(玲瓏)한 아침 이슬
발등을 적시며
심호흡마다
상큼한 풀 향기

숲 속 새들의
멜로디와
하얗게 피어나는
안갯길

막, 영혼에서
깨어나
샛별, 그 빛 따라
얼마를 걸었든가!

감미로움
향기로움
감사함을

저 높이 계신
임께
저의 마음 활짝 펴고 싶은
이 아침을!

부활을 주신 아침 기도

여명(黎明)의 이 아침에
눈을 뜨게 해 주시어
하나의 부활에 감사합니다
살아 숨 쉰다는 자체가
기쁨이고 은총(恩寵)입니다

온종일 수많은 만남에서
기쁨과 감사를 나눌 수 있게
저의 마음 넓게 열어 주시어
따뜻한 마음으로 그들에게
잔잔한 감동을 줄 수 있는
오늘이 되게 하소서

하루 동안 만나는 귀한 인연에
나로 하여금 불쾌한 말과 행동으로
그들의 가슴에
응어리지는 일 없게 하여 주소서

들숨 날숨 제대로 할 수 있는
이 고마움 잊지 말고
더 어려움에 있는 이들을
잠시나마 생각하며 그들과
마음 함께 하는 시간 되게 하소서

폭설 폭풍우 긴 겨울 다 이기고
봄비 촉촉이 내린 대지 위엔
아름답게 팔랑이는 새 생명이
하늘 향한 찬미의 노래에
작은 저의 감사도 함께하게 하소서

장기 요양원 503호

나 밥 줘 배고파
서럽게 우시는 야윈 모습
갈 때마다 점점 작아지신다
이마에는 줄줄이 큰 훈장과
귀밑에 늘어진 하얀 곱슬 머리카락이
한없이 긴 세월을 말해주시는
젊은 시절 학교 선생님으로
얼마나 멋쟁이셨던가

모퉁이 빌딩 503호 장기 요양원
창문만 멍하니 쳐다보며
정신이 오락가락하시다가
방문자가 찾아가도
대화는 점점 줄어서
정말 배가 고프신지 알 수 없는
배고프다는 말뿐이시다

우리는 다 이 세상을 떠난다
천사 되어 떠나려는 할머니
이 세상 오실 때 빈손처럼
빈손 준비로 욕심도 없으시고
맑은 영혼 준비하시는 할머니께
이 은혜 주신 주님께 진심 감사드린다.

가을 기도

당신 앞에 합장하여
본향으로 돌아가는
낙엽을 쓸쓸히 밟으며
기도드립니다

영혼이 심히 떨립니다
저를 긍휼히 여기시고
뛰는 심장 안아 주소서

훌훌 옷 벗는 나무처럼
저의 마음도 비워지는
기도되게 하시어

겸허한 마음으로
순리에 순응하는
그들 착한 모습처럼

당신께 가까이 본디로
돌아가는 삶이 되게
간절한 저의 기도 바치옵니다.

성사(聖事)가 이뤄지는 식탁으로

가족을 위해 저녁을 만드는
식사 준비 시간입니다
오늘도 무슨 음식으로
가족들의 건강과
기쁨도 함께 줄까 생각하면서
기도드립니다

주님
저의 부엌에 함께 하시어
주어진 이 재료로
맛있고 균형도 알맞게
만들어지도록 무딘 저에게
마리아의 기도 마음을 담아 주시고
마르타의 솜씨를 빌려 주소서

기도와 함께 만든 이 음식을 먹고
열심히 일하고
당신 사랑 익히는
영육간 건강 되게 하소서

이제부터는 불평과 근심 멀리하고
당신 평화 심어주시어
함께 감사드리며
함께 당신 말씀 나누고
밥(빵)을 함께 나누는
사랑이 실천되는
성사(聖事)가 이뤄지는
식탁이 되게 하여 주소서.

대림 절 묵상

당신은
어찌 저를 이처럼 샅샅이
비추어 보시나요
캄캄한 밤에도 나타나시고
눈을 감으면
더 환하게 비춰오시는 님

가련한 영혼을 알뜰히
비춰주시는 당신 앞에
저는 감출 것이
하나도 없어요

당신이 저를 다 아심을
제가 알고부터는
차라리, 제 마음이
얼마나 편안한지요

그래서 또,
당신 품이 이처럼 포근함을
조금씩 알아가면서
사랑과 평화가 얼마나 깊숙이
깃드는 것인지를

얕은 머리에만 맴돌다가
가슴에 포근히 자리하기까지가
이렇게 수많은 날이 걸리는
어리석은 이 영혼에
그래서, 천 년도 당신 눈에는
지나간 어제 같다 하셨군요

저희를 긍휼히 여기시고
빛으로 오시는 당신은
영원한 당신 사랑 안에 품으시는
이 엄청난 은총의 감사에 어떻게 할까요,

보잘것없는 저의 작은 가슴 구유 안을
정성껏 말끔히 청소하여
아기 예수님의 강생(降生)을 기쁘게
맞이할 수 있도록 간절히 기다리렵니다.

12월을 맞아 나를 돌아보면서

마지막 달력 장을 펴면서
지난 한 해를 돌이켜 본다
한 해의 날수는 꼬박 챙겨 먹었음에도
가슴은 어쩐지 허전하다
늘 바쁘게 달려온 세월
이제 달릴 길도 그리 멀지 않은데
이제는 조용히 가다듬어 봐야 할 시간이다
늘 쉽게 채우려고 했기에 소중한 사랑의 길을
소홀히 하지는 않았는지, 찌꺼기 비우면
새로운 것 채워지는 이치를 이론으로만 알았지
가슴으로 안아서 실행 잘 못했기에
이때쯤이면 늘 조심히 마음을 살펴본다
옛 선인이 읊었듯이
인생은 고해요, 힘든 오르막길
가시덤불이요, 높고 험한 산길
내게 오는 모든 어려움 없애 달라 말고
험한 길을 피해서 가기보다
그 길을 그분과 함께 걸을 수 있는
힘과 믿음을 청해 그분이 주신 지혜로 채워지는
겸허한 삶으로 남은 날들에 또 새겨 봐야지
오늘 당신 앞에 이 해를 마무리하는 즈음
오늘이 있기까지 함께 해 주신 당신 숨결에
깊은 감사와 독백을 내려놓을 수 있음이
또한 얼마나 감사한지요.

재충전의 필요성

디지털의 시대, 스마트 폰 사용은
바쁜 일상에서도 틈틈이 들여다보고
인사가 오가면서 많이 사용하다 보니
늘 배터리가 모자라 재충전 시킨다

내 마음을 들여다본다
게으름에, 바쁘다고 핑계 삼아
실수투성인 나의 허점과 잘못들
아집으로 고요에 머물지 못한 영혼에
재충전을 얼마나 시키고 있는가

오늘 밤 내 마음을 활짝 열어
필요한 충전이 무엇인가
먼저 살펴봐야겠다
필경, 허약한 내 영혼이
주님 앞에 두 손 모으며
당신의 말씀으로 채워야 함이
얼마나 많을까? 가슴이 먹먹하다

내가 어디에 머물고 있는가를
은밀한 마음의 궁전을 살펴봄이
어찌 이리 힘이 들까
충전이 될 때를 침묵으로 기다리며
짧은 묵상으로나마, 매일의 충전으로
나의 귀중한 시간을 만들어 봐야겠다.

제단 앞에 놓인 꽃

그 많은 꽃 중에
뽑혀온 그대는
눈부신 아름다움으로
제단(祭壇) 앞에서

천상의 향기 닮아가는
향기 중의 향기를
주님께 바치는
귀한 꽃이로다

주님 잔치 준비하여
평화로 피어난 향
온 정성 은혜로움은

속진(俗塵)을 떠난
카타르시스
속죄의 정화(淨化)인양,

나의 작은 기도

제목 : 나의 작은 기도
시낭송 : 박태임

거저 주신 큰 사랑
거저 주신 큰 선물
거저 받은 몸으로
세상에 태어나서

많은 은혜 받고 살아온 세월에
그 사랑 이웃과 나누고 싶음에
머리로는 고마움 잊지를 말고
두 눈으로 바른길 바라만 보며

두 귀로 귀한 말씀 듣는 지혜를
입으로는 그 말씀 전하여 주고
가슴에는 따뜻한 사랑을 담아
두 손은 아픈 영혼 어루만지며

두 발로 실천하는 발걸음 되어
주님 주신 사랑을 이웃에게
하나씩 나누며 살고 싶음에
찬란한 아침 햇살 당신 안에서

새 아침 주심에 감사합니다
주님, 찬미 영광 받으옵소서.

아기 예수 탄생

제목 : 아기 예수 탄생
시낭송 : 박영애

인류구원 위해 빛으로
오시는 아기 예수 탄생은
모든 이의 마음에
희망 되어 오시는 아기

제일 높은 데서
가장 낮은 구유에 오시어
우리와 함께 계시는
알파요 오메가이신
아기 예수님

당신 오심이
저희의 전부이신
임마누엘이시여

당신 오심은
정녕 가슴 설레는
기다림으로

저희 정성 담은 기도로 엮은
작은 마구간 구유에
촛불 밝혀 기다립니다

당신은 저희의
희망 사랑 기쁨 평화
감사와 찬미입니다.

작은 것에서부터

작은 물방울이 모여 개울 되고
시냇물 모여 흘러가 강이 되어
큰 바다를 이루듯이

내 한 사람의
작은 사랑 말 모여
사랑하는 가족이 되고

아름다운 동네가 되어
또 그 동네 모여
좋은 큰 세상이 되겠지

비록 보잘것없는
작은 것에서부터 지만
실행하는 사랑이 된다면

하늘 천국을
이 세상 천국도
만들 수 있음을.

감사와 행복한 아침에

아침에 일어나
창문을 활짝 열어
신선한 공기에 심호흡하고

맑은 햇살은
축복의 빛으로 내려주시고
숲 속의 새들은 아침을 찬양합니다

송골송골 이슬 덮인
초록 잔디를 밟으며
아침 체조 힘차게 푸른 하늘을 향할 때

내 몸을 내 마음대로 움직일 수 있음이
즐거움과 축복의 시간이요
이웃과 사랑을 나눌 수 있는
감사와 행복의 하루를 열어갑니다.

토론토의
해 뜨는 아침에

김수잔 시집

초판 1쇄 : 2015년 9월 5일

지 은 이 : 김수잔

펴 낸 이 : 김락호

디자인 편집 : 이은희

기 획 : 시사랑음악사랑

인 쇄 : 청룡

연 락 처 : 1899-1341

홈페이지 주소 : www.poemmusic.net

E-Mail : poemarts@hanmail.net

정가 : 10,000원

ISBN : 979-11-86373-16-3